D0594894

Kamo et moi

de Daniel Pennac
illustrations de Jean-Philippe Chabot

FOLIO **JUNIOR**
GALLIMARD JEUNESSE

KAMO AVAIT IMAGINÉ UN JEU. IL S'AGISSAIT DE FERMER LES YEUX ET DE DEVINER SI CRASTAING, NOTRE PROF DE FRANÇAIS, ÉTAIT arrivé ou non. Neuf fois sur dix, quand je rouvrais les yeux, le bureau était vide. Kamo empochait un Carambar. La dixième fois, Crastaing était là.

– Vous dormiez, mon garçon ?

A peine avait-il refermé la porte qu'il était déjà derrière son bureau, rapide et silencieux comme une ombre d'oiseau.

– Je saurai vous réveiller, moi !

Cette voix, dans tout ce silence ! Haut perchée, métallique, coupante, une lame qui nous fouillait le cœur.

– D'ailleurs...

Sa serviette s'ouvrait (pas le moindre cliquetis de métal, à croire que les serrures étaient de velours) et il en sortait nos copies sans un froissement de papier.

– Si je ne m'abuse...

Il prenait le temps de feuilleter le paquet, comme un jeu de cartes qui ne ferait pas de vent.

– Vous ne m'avez pas rendu votre rédaction. Je me trompe?

Il ne se trompait jamais.

– Deux heures! Et une petite conversation avec monsieur votre père.

C'était cela, Crastaing. Les quatre dernières années de notre enfance. Sixième, cinquième, quatrième, troisième. A raison de six heures de français par semaine. Total: 984 heures, 59 040 minutes (cinquante neuf mille quarante, oui). Sans compter les heures de colle qu'il tenait à surveiller lui-même. C'était cela, avec un crâne chauve, un visage blanc, lisse, triangulaire, au menton plat, aux yeux petits et luisants.

Et cette vivacité silencieuse. Et cette petite tache violette dans la poche où il glissait son stylo.

– Tu as tort de te plaindre, disait Kamo, des comme lui, tu n'en verras jamais d'autres. Même dans les livres.

Il ajoutait :

– Tu as remarqué ? Il ne se cogne jamais contre rien, il ne touche jamais personne. La porte de la classe, peut-être qu'il ne l'ouvre pas, peut-être qu'il passe au travers...

Puis, comme nous attendions notre métro, Kamo perdait un peu de son assurance.

– Dis donc, pour parler d'autre chose, ce matin, fuite de flotte dans la salle de bains. Ma mère demande si ton père pourrait venir réparer.

Sa mère, Tatiana, était la seule personne au monde dont Kamo eût peur. Il n'en parlait jamais autrement qu'en regardant ses baskets.

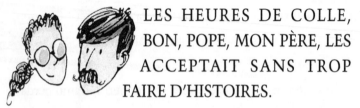 **LES HEURES DE COLLE, BON, POPE, MON PÈRE, LES ACCEPTAIT SANS TROP FAIRE D'HISTOIRES.**

– Si tu préfères passer ton samedi au collège, c'est ton affaire ; et puis, je suppose que Kamo te tient compagnie, non ?

Mais les « petites conversations avec monsieur votre père », c'était autre chose. Il les supportait de moins en moins. Jusqu'au jour où il ne les supporta plus du tout.

– Comment ? Un tête-à-tête avec Crastaing ? Encore ! Je n'irai pas !

Je m'en souviens très bien. C'était un jeudi après-midi. Il avait installé son atelier au milieu du salon. Il m'inventait une sorte de lit à coulisses qu'on pourrait étirer d'un cran chaque fois que je grandirais d'un centimètre. (Cela, surtout pour me faire plaisir, parce que j'étais le plus petit de la classe et que j'avais peur de ne pas grandir.) Il levait les yeux vers moi et son tournevis fendait l'air.

– N'insiste pas, je te dis que je n'irai pas !

Moune dessinait dans son coin habituel. Moi, je restais planté là, parmi les outils éparpillés.

– Je n'irai pas, je te dis !

En bonne mère, Moune finit par intervenir.

– Je pourrais peut-être y aller à ta place ?

Triturant mon carnet comme une vieille casquette, je murmurai :

– Impossible, Moune, Crastaing a dit : « monsieur votre père ».

Et ce fut l'explosion.

– Pas question ! Je n'irai plus ! C'est terminé ! Je t'avais prévenu !

La porte claqua. Deux ou trois feuilles s'envolèrent. Moune y avait dessiné des robes légères comme des papillons (c'était son métier à elle, dessiner des robes) et nous restâmes seuls un moment, Moune et moi.

– Encore une rédaction que tu n'as pas finie à temps ?

– Pas commencée.

– Tu es vraiment le plus grand flemmard que je connaisse...

– J'y arrive pas, Moune, j'ai pas d'idées.

Une rédac par semaine. Trente-six rédac par an. Cent quarante-quatre rédactions de la sixième à la troisième. *Faites votre portrait, Racontez vos vacances, Une soirée en famille, En quoi avez-vous changé depuis l'année dernière à la même date ?, Décrivez le jardin de votre tante.* Sans blague ! Il nous a vraiment posé ce sujet : *Décrivez le jardin de votre tante* ! Kamo et moi avions passé le samedi suivant en retenue : j'avais un jardin mais pas de tante, et lui une tante sans jardin. Or, avec Crastaing, il était pratiquement impossible d'inventer ;

il brandissait votre copie au-dessus de sa tête et glapissait :

– Ce n'est pas de l'imagination, ça, mon pauvre ami, c'est du mensonge !

Une fois sur deux, il ajoutait :

– Ah ! comme je plains votre pauvre mère.

Une mémoire d'éléphant, avec ça :

– Dites-moi, ces vacances que vous prétendez me décrire ne seraient-elles pas celles de l'an passé ? Réfléchissez... Pâques, l'année dernière, non ? Deux heures ! Et une petite conversation avec monsieur votre père.

Oui, il se souvenait de tous nos devoirs. Le bruit courait qu'à force de nous lire il nous connaissait mieux que nous-mêmes.

– Mais, mon pauvre garçon, ce n'est pas vous que vous décrivez dans cette copie, c'est n'importe qui ! Et ce n'est pas une famille autour de vous, c'est n'importe quoi ! Mensonge ! Mensonge et paresse, comme toujours ! Croyez-vous que vos pauvres parents méritent cela ?

« Cela », c'était la copie qu'il secouait comme un chiffon sous le nez du coupable.

– Non, votre mère ne mérite pas ça !

Kamo me poussait du coude. Toute la classe levait les yeux sur Crastaing. Il promenait sur nous un regard désespéré. Son bras retombait. La copie glissait sous une table. Une grosse boule montait dans la gorge de notre prof pour éclater au-dessus de nous, en une sorte de sanglot. Il avait l'air d'un enfant, alors. D'un enfant terriblement vieux.

– Et vous, vos parents, vous ne les méritez pas !

Je ne sais pas si l'un de nous eut jamais envie de rire à ces moments-là ; en tout cas, personne ne s'y risqua.

C'était peut-être cette pitié que Pope ne supportait pas.

– Ecoute, toi !

(Le plus souvent, Pope et Moune m'appelaient « toi ». Dans les moments de tendresse : « Bonjour, toi », c'était bien doux. Et dans les moments plus graves : « Ecoute, toi ! », c'était efficace.)

– Ecoute, toi !

Pope était revenu et me pointait de son tournevis. Moi, j'écoutais.

– Je veux bien me faire plaindre encore une fois par Crastaing, mais c'est la dernière !

(Il revenait de ces entrevues muet comme un fantôme et, les jours suivants, il avait une mine transparente de convalescent.)

– Alors, tu t'arranges comme tu veux, mais ta prochaine rédaction, tu l'auras finie au moins trois jours avant de la rendre, vu ?

Ça ne me laissait que quatre jours pour la faire. Pas le choix. J'essayai tout de même :

– Ça dépendra du sujet, Pope...

– Non, ça dépendra de toi ! Il faut toujours vous mettre les points sur les i à vous autres, les gosses !

Nouveau ça. Pope ne m'appelait jamais « les gosses ». Il y avait quelque chose de bizarre dans son regard : un début de colère, bien sûr, mais une sorte de prière, surtout ; plus que ça, même, une expression que je n'y avais jamais vue... On aurait dit qu'il me suppliait ! Oui, Pope, l'Inventeur et le Réparateur en tout genre, Pope, qui n'avait peur de rien, Pope, mon idole, Pope me suppliait de ne pas l'envoyer chez Crastaing !

J'ai mis plusieurs secondes pour comprendre cela, plusieurs secondes encore pour lutter contre une tristesse insupportable (comment Crastaing s'y prenait-il pour démolir un type aussi costaud ?) et, finalement, comme on promet à un enfant, sur le même ton, exactement, j'ai dit :

– D'accord, Pope, trois jours, c'est promis, ma rédac sera finie trois jours avant.

J'EN AI FAIT DES PROMESSES, DANS MA VIE... ET DIFFICILES À TENIR ! JE N'EN AI JAMAIS REGRETTÉ UNE AUTANT QUE CELLE-LÀ.

Le lundi suivant, en tombant des lèvres de Crastaing, le nouveau sujet a fait l'effet d'une douche froide. Sous le choc, tous les élèves se sont regardés. Puis ce furent les chuchotements, comme autant de petites fuites d'eau...

– C'est pas possible !

– On peut pas traiter ça !

– C'est trop invraisemblable !

– Et puis quoi encore ?

– J'y arriverai jamais !

– Moi non plus...

Mais le silence de Crastaing rétablissait toujours le silence.

A la récré de quatre heures, le sujet était encore sur toutes les lèvres.

– Crastaing est devenu dingue, les gars.

Dans le métro, Kamo, qui jusque-là n'avait rien dit, posa son bras sur le mien.

– A samedi, mon garçon : deux heures ! Vous croyez que votre pauvre mère méritait « ça » !

Il imitait déjà très bien la voix aiguisée de Crastaing. Mais cette fois-là, je n'ai pas ri.

– Impossible, j'ai promis à mon père de la faire, cette rédac.

Il a seulement hoché la tête, puis, regardant ses baskets :

– A propos de ton père, il vient le réparer ce robinet ?

« On » s'impatiente, chez moi.

Rédaction pour le lundi 16.

Sujet : *Vous vous réveillez un matin, et vous constatez que vous êtes transformé en adulte. Affolé, vous vous précipitez dans la chambre de vos parents : ils sont redevenus des enfants. Racontez la suite.*

« Je dis bien : *racontez la suite !* » avait précisé Crastaing. Puis il avait lâché une de ces phrases dont il avait le secret : « Et n'oubliez pas, l'imagination, ce n'est pas le n'importe quoi ! »

Pope faisait la vaisselle du soir. Moune l'essuyait et je rangeais. On aurait dit que Pope avait enfilé le maillot jaune.

J'en étais encore à ranger les assiettes à soupe qu'il avait déjà disparu.

– Un débat politique à la télé, expliqua Moune.

Compris. Pope adorait les débats. Les types dans le petit écran le mettaient en fureur ou lui flanquaient au contraire de tels fous rires qu'il en tombait de son fauteuil.

Moune me tendait un verre.

– Un vrai gosse, ton père.

Le verre m'échappa et explosa sur le carrelage de la cuisine.

Moune se retourna.

– Hé, toi, quelque chose qui ne va pas ?

Elle avait posé son éponge et s'essuyait les mains.

Au lieu de répondre, je demandai :

– Moune, comment tu étais, quand tu étais jeune ?

– Mais je suis jeune, nom d'un chien !

– Je veux dire vraiment jeune, une enfant, tu étais comment ?

– La même, je suppose, en plus petit.

Accroupis l'un en face de l'autre, une balayette et une pelle de plastique à la main, nous étions comme deux enfants jouant sur une plage. Pourtant, je n'arrivais pas à imaginer Moune enfant. Vieille non plus d'ailleurs. Pour moi, Moune avait toujours été Moune, avec ses joues rondes et de jolis reflets roux dans ses cheveux bruns. Une autre idée me traversa l'esprit.

– D'après toi, Crastaing, qu'est-ce qu'il peut bien raconter à Pope pour le mettre dans des états pareils ?

Les débris du verre firent un bruit de pluie en tombant dans la poubelle.

– Je ne sais pas, il n'en parle jamais. Pourquoi me poses-tu toutes ces questions ?

Profond soupir :

– Pour rien, Moune, pour rien, je suis juste un peu préoccupé.

En traversant le salon pour aller dans ma chambre, j'ai vu que Pope hochait lentement la tête devant la télé. Il avait l'air complètement abattu. Quand  Moune est venue s'asseoir sur l'accoudoir de son fauteuil, il lui a pris la main et lui a montré les deux types qui s'expliquaient dans le poste.

– Regarde-moi ça...

J'ai regardé une seconde, moi aussi.

Chacun des deux types avait l'air très content de lui-même et de l'avenir de la France, à condition que ce ne soit pas l'autre qui s'en charge.

Alors Pope a sorti une phrase qui m'a achevé :

– Tu veux que je te dise, Moune ? Il n'y a pas d'adultes.

Cette nuit-là, j'ai mis un certain temps à m'endormir. Les lèvres de C r a s t a i n g r e m u a i e n t silencieusement dans ma tête. Il en tombait des mots tout écrits : les mots du sujet. Et c'était mon écriture.

> *Vous vous réveillez un matin, et vous constatez que vous êtes transformé en adulte. Affolé, vous vous précipitez dans la chambre de vos parents : ils sont redevenus des enfants. Racontez la suite.*

Voilà. Rédaction à faire en quatre jours. Facile, avec une mère qui a toujours été la même, un père qui est un vrai gosse et qui prétend que les adultes n'existent pas! Et moi, au milieu de tout ça, moi qui n'ai jamais eu la moindre imagination, moi qui ne peux même pas faire mon propre portrait... Salopard de Crastaing!

– Je te déteste, toi et tes portraits, toi et tes récits de vacances, toi et le jardin de tes tantes, je te hais, toi et tes sujets sur la famille, toujours la famille, je te... (Je crois bien que je l'injuriais encore longtemps après m'être endormi.)

ON NE DEVRAIT JAMAIS MAUDIRE QUELQU'UN EN S'ENDORMANT, ÇA PORTE MALHEUR.

Le lendemain, mardi, Crastaing était absent. D'abord, personne n'y a cru. Nous l'atten-dions, immobiles et silencieux. (Avec sa façon de surgir comme une apparition et d'épingler le premier qui bougeait, il nous faisait encore plus peur quand il n'était pas là.) La porte s'ouvrit une première fois, c'était Ménard, pour l'appel. Cinq élèves manquaient. Ménard sortit, les sourcils froncés. De nouveau, le silence et l'attente. Le grand Lanthier finit par murmurer:

– Hé, les gars ! Il est peut-être mort ?

Comme Crastaing n'était jamais malade, on ne pouvait rien imaginer d'autre. Kamo eut un ricanement sinistre.

– S'il est mort, il est ici. Et s'il est ici, il va s'occuper de toi, Lanthier...

Tout le monde sentit le courant d'air glacé. Une voix tremblante chuchota :

– T'es pas marrant, Kamo.

– Non, dit Kamo.

La classe sursauta comme un seul homme quand la porte s'ouvrit pour la seconde fois. C'était encore Ménard.

– Votre professeur est absent. Vous êtes en permanence. Travaillez, je vous surveille.

Absent ? Permanence ? Explosion de joie. Des soldats apprenant la nouvelle de l'armistice ! Le surveillant leva la main.

– Pour votre rédaction, le tarif reste le même : deux heures à ceux qui la rendront en retard.

– Et une petite conversation avec monsieur votre père, murmura Kamo avec la voix de Crastaing.

Fin de la deuxième journée.

Pope et Moune...

Pope et sa gigantesque carcasse sonore et poilue, son sourire tout en dents, ses moustaches à la turque et son regard pétillant.

Moune toute ronde, élastique et calme, avec ses yeux de chat et cette voix ronronnante, toujours la même, pour rire ou pour gronder.

Pope qui réparait tout...

Moune qui dessinait des robes...

– Dis donc, toi? Pourquoi est-ce que tu nous regardes comme ça? On dirait que tu débarques...

La question de Pope me fit sursauter. Moune dessinait, assise à sa table, lui réparait le fer à repasser, et je les observais depuis une bonne heure comme deux extraterrestres.

– Je me demandais comment vous vous étiez rencontrés, tous les deux.

– On s'est rencontrés à l'école, dit Moune.

– A la maternelle de la rue Tolbiac, si tu veux tout savoir. J'avais cinq ans et Moune quatre. Elle était déjà en avance sur moi, à l'époque.

J'ai d'abord cru qu'ils se fichaient de moi.

– Pope avait déjà ses moustaches, à la maternelle?

Moune regarda le plafond :

– Attends que je me souvienne...

Ce soir-là, Pope jeta deux bulle-tins scolaires sur mon lit. Ce n'était pas la maternelle, mais presque : cours moyen première année. Il y avait deux noms. Et deux photos en  noir et blanc. C'était Pope, et c'était Moune, les notes de Pope nettement moins bonnes.

Le lendemain, surprise : un bon tiers des élèves était absent, dont le grand Lanthier. Son père fit une apparition remarquée. Il ouvrit la porte de la classe et se tint là, debout devant nous, grand gaillard échevelé, immobile, la bouche ouverte, avec un air de stupéfaction si intense qu'Arènes, notre prof de maths, dut sortir de sa « théorie des ensembles » pour aller lui tapoter la joue. Alors seulement le père Lanthier bafouilla, tout en continuant à nous regarder :

– Lanthier... mon fils... Jacques... malade...

– Le père est encore plus fondu que le fils, murmura Kamo. J'ai ri. Je ne savais pas que j'allais le regretter.

A la maison, c'était Pope, maintenant, qui ne me quittait plus des yeux.

– Crastaing a donné son nouveau sujet de rédaction, c'est ça ?

– Oui, depuis lundi.

– Et qu'est-ce qu'il dit, ce sujet ?

– *Vous vous réveillez un matin, et vous constatez que vous êtes transformé en adulte. Affolé, vous vous précipitez dans la chambre de vos parents : ils sont redevenus des enfants. Racontez la suite.*

Pope ne fit aucun commentaire. Mais cette lueur, mi-prière, mi-terreur, s'était rallumée dans ses yeux.

– T'inquiète pas, Pope, je t'ai promis que je la ferai !

Oui, j'avais promis. Mais je n'avais pas l'ombre d'une idée. Pope était Pope. Moune était Moune, leurs photos d'enfants n'y changeaient rien. Des enfants inanimés, des enfants lointains, des enfants du passé, c'est tout. Dans ma chambre, ma corbeille à papiers se remplissait. Par la porte ouverte, j'entendis Moune demander à Pope :

– Mais qu'est-ce qui te fait si peur, enfin ?

– Ce n'est pas de la peur, répondit Pope, c'est autre chose... C'est pire.

Moune insista. Il refusa d'en dire davantage. Petite dispute chuchotée...

ÇA DEVAIT ÊTRE UNE ÉPIDÉMIE, PARCE QUE LE LUNDI MATIN NOUS N'ÉTIONS PLUS QUE DIX DANS LA CLASSE. DIX SUR TRENTE-TROIS !

En passant devant le bureau toujours ouvert de Ménard, j'entendis la question que lui posait le directeur :

– Et les parents ?

– Ils bafouillent, ils disent n'importe quoi, ils ont tous l'air plus affolés les uns que les autres.

Le directeur réfléchit en grognant.

– Bon. Conduisez les dix rescapés chez le docteur Grappe.

C'était le docteur du collège. Il habitait à deux pas. Je l'aimais bien parce qu'il ne me disait jamais que j'étais le plus petit de la classe. Il se contentait de dire que je n'étais pas le plus grand. Et puis il avait la tête d'Alec Guinness dans *Le Pont de la rivière Kwaï*, le film préféré de Pope. Et le même air placide sous sa moustache rousse. Il nous posait de curieuses questions pour un docteur. Ainsi, cette fois-là (je passais le premier), au lieu de m'ausculter, il me demanda :

– C'est une semaine de compositions ?

Je fis non de la tête.

– Quelqu'un a donné un devoir difficile ?

Je fis oui.

– Français ?

Dans le mille. Je lui récitai le sujet, je lui répétai la phrase de Crastaing : « Et n'oubliez pas : l'imagination, ce n'est pas le n'importe quoi ! » Je lui avouai que j'avais promis à mon père de faire cette rédaction en quatre jours et que je n'y arrivais pas. Quand il m'arrêta, j'étais sur le point de pleurer. Il me passa sa grosse main dans les cheveux, refusa d'ausculter les autres élèves, et fit son diagnostic à Ménard qui l'interrogeait du regard :

– Crastaingite aiguë, ces gosses sont morts de peur, voilà tout. Aucun danger pour les autres classes.

– Le toubib se gourre, dit Kamo sur le chemin du retour, je n'ai pas peur de Crastaing, moi.

– Justement ! C'est pour ça que tu n'es pas malade !

– Oui, mais toi tu as une trouille terrible et tu n'es pas malade non plus.

C'était vrai, j'avais peur. Mais ce n'était pas de Crastaing. J'avais peur de ce que j'avais vu, l'espace d'un éclair, passer sur le visage de Pope. Dans ma courte vie, j'avais fait pas mal de choses à Pope : menti, signé mon carnet à sa place, fauché un petit billet par-ci par-là, mais les promesses, je les avais toujours tenues. Et celle-ci, la plus importante de toutes, il ne me restait plus qu'une nuit pour la tenir !

La dernière bouchée de mon dîner avalée, je m'enfermai dans ma chambre. Pour ne pas me déranger, Pope et Moune n'allumèrent pas la télévision. Mais, dans le silence, c'était plus difficile encore. J'entendais bouillir ma cervelle. J'essayai de toutes mes forces d'imaginer Pope et Moune à la maternelle, mais je n'avais jamais vraiment observé les enfants de cet âge. Je me levai et me regardai longuement dans la glace de mon armoire : un être minuscule, aux épaules osseuses, à la poitrine rentrée, à la peau transparente, avec une large bouche au milieu de la figure qui hésitait entre un tas d'expressions. Comment imaginer cela adulte ? Dans quel sens allais-je pousser ? En hauteur ? En largeur ? Et la voix de Crastaing qui résonnait dans ma tête : « Ce n'est pas de l'imagination, cela, c'est du mensonge ! » Pris d'une soudaine inspiration, je sortis en trombe de ma chambre et me ruai sur le téléphone.

– Allô, Kamo ?

– C'est toi ? Qu'est-ce qui se passe ?

– Kamo, tu es mon copain ?

– Evidemment.

– Alors il faut que tu fasses cette rédac.

– Avec la mère que j'ai ! L'imaginer enfant ? Pas question !

Catégorique. Je respirai un grand coup et réussis à dire :

– Kamo, tu n'es plus mon ami.

Je ne sais pas. Il m'avait semblé qu'à deux ç'aurait été plus facile. Maintenant, j'étais vraiment seul. Seul à griffonner n'importe quoi sur des feuilles que je jetais les unes après les autres à la poubelle, seul avec un mal de crâne qui commençait à me troubler la vue, seul avec la voix de Crastaing qui me demandait si ma pauvre mère méritait « ça », et des larmes qui jaillissaient de ses petits yeux comme si sa tête avait été une poire ! Jusqu'au moment où je me suis levé, où j'ai fait quelques pas et où je suis tombé sur mon lit.

Ce n'était pas le sommeil. Ça ressemblait plutôt à un évanouissement.

Je n'ai jamais fait de plus grand effort que le matin suivant pour me lever. Ma tête était si lourde, mes os si douloureux ! Mes pieds pesaient comme s'ils pendaient dans le vide, à l'autre bout du lit, des sacs de ciment attachés à leurs chevilles.

Je me suis laissé rouler par terre et me suis redressé comme si je portais le monde sur mes épaules. Je me suis dirigé en titubant vers la porte de ma chambre. Quelque chose m'a arrêté au milieu de la pièce. Je venais de passer devant l'armoire à glace. Il y avait quelqu'un dans le miroir. Je me suis approché. C'était Pope. Immense. Avec ses moustaches. Et tout nu. Il avait une tête de lendemain de réveillon. Je l'ai regardé un long moment...

Et j'ai fini par demander :

– Hé, Pope ! Qu'est-ce que tu fais dans mon miroir ? C'est une blague ?

CE N'EST PAS UNE BLAGUE. CE N'EST PAS POPE, C'EST MOI. C'EST MOI ! MOI QUI REMUE LES LÈVRES EN MÊME TEMPS QUE moi, moi qui fais les mêmes gestes que moi. Pope n'a jamais été opéré de l'appendicite. C'est moi. Moi ! Avec les bras immenses de Pope, le torse et les jambes poilues de Pope, la moustache, les dents et les mains noueuses de Pope, moi avec un air Pope plus vrai que Pope ! Et, plus près du miroir, à le toucher, c'est encore moi. Dans mon regard, il y a cette expression de curiosité réfléchie que j'ai toujours connue à Moune. D'ailleurs, sous les sourcils touffus de Pope, les yeux, verts et fendus, sont ceux de Moune. Et, quand je soulève la longue moustache turque, c'est la bouche de Moune que je découvre, et la même fossette, qui n'a jamais l'air de tout à fait y croire. Pope avec les yeux et la bouche de Moune, pas de doute : c'est moi ! Mais alors ? Alors ?

Il faut trois pas aux jambes de Pope pour me conduire à la porte des parents, mais il me faut une bonne minute pour me décider à l'ouvrir.

Finalement, comme on se jette à l'eau, j'entre.

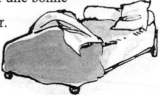

Soulagement. Le grand lit est vide, avec une boule de draps et de couvertures mêlés au milieu. Rien de changé : « Pope et Moune doivent être à la cuisine, comme d'habitude à la même heure. J'ai rêvé. Somnambulisme. Me recoucher pendant qu'ils préparent le petit déjeuner... Oui, me recoucher. » A peine ai-je pris cette décision qu'une petite voix me cloue sur place.

– Hé, toi !

C'est sorti d'une tête ronde et bouclée, qui vient d'émerger au sommet des couvertures et qui me fixe de ses yeux noirs étincelants.

– On ne s'habille pas, ce matin ?

D'un geste éclair, j'attrape la chemise de Pope posée sur le dossier d'une chaise et me la noue autour de la taille. Une seconde plus tard, une petite fille de cinq ou six ans, surgie de nulle part, est accrochée à mon cou.

– Bonjour, toi !

Elle gigote comme un poisson et il y a des éclats roux dans ses cheveux blonds. Sur le tas de draps et de couvertures, la petite tête sérieuse reprend la parole.

– Habille-toi, Moune, on va être en retard à l'école.

J'ai presque crié :

– Non ! Pas d'école, ce matin !

La petite tête sérieuse a un haussement de sourcils.

– Ah, bon ? Pourquoi ?

– Une épidémie. Très grave. Crastaingite...

– C'est Mlle Lambesc qui t'a prévenu ?

La petite fille a une voix flûtée, pleine de rires.

– Oui, elle m'a téléphoné.

– Mlle Lambesc ne raconte que des conneries.

Le garçon a dit ça en s'asseyant sur le bord du lit puis, en voyant mon air ahuri, il place la main devant sa bouche et fait :

– Oh, pardon...

– Il veut faire le malin, explique la petite, parler comme les grands.

Tout ce que je dis, ou fais, ce matin-là, est instinctif. Je n'ai qu'une idée : sortir d'ici. Réfléchir. Trouver une explication, une solution, quelque chose. En tout cas, ne pas rester là. Je m'habille en quatrième vitesse avec les vêtements de Pope et ordonne au garçon de préparer le chocolat.

– Mais je ne sais pas le faire !

– Tu apprendras !

Je lui lance un tel regard qu'il n'insiste pas. Au moment où je sors, la petite m'agrippe par le pan de ma veste.

– Hé, toi ! Quelque chose qui ne va pas ?

Je m'entends encore répondre :

– Rien, Moune, rien. Je suis juste un peu préoccupé, c'est tout.

Dehors, il pleut à torrents.

A en juger par la tête des quatre survivants, je dois avoir l'air d'un fou jaillissant d'un puits quand j'ouvre brusquement la porte de ma classe. Ils n'ont pas changé, ces quatre-là! Et Kamo est toujours Kamo...

Alors, pris de court, sentant rougir les immenses oreilles de Pope, je balbutie :

– Excusez... mon fils... malade...

(Oh! Lanthier!... Pardon, Lanthier!...)

Le seul à ne pas broncher, c'est Baynac, notre prof d'histoire. Il me dit « oui, oui » sans avoir l'air d'y croire, puis il ajoute, en montrant les quatre élèves :

     – Et voici les débris de la Grande Armée...

KAMO M'A REJOINT DANS LA RUE. IL EST ESSOUFFLÉ. IL M'A PRIS PAR LE BRAS. NOUS NOUS TENONS DEBOUT, L'UN en face de l'autre, immobiles sous une pluie battante. Il lève sur moi un visage trempé et anxieux. Je le domine de deux ou trois têtes. Il dit:

– Je veux le voir!

Je dis:

– Trop malade, impossible.

Ses traits se durcissent. C'est le Kamo farouche, il ne cédera pas. Il lâche mon bras et dit:

– J'y vais.

Je le retiens de force. La poigne de Pope le fait grimacer. Et tout à coup, j'ai une idée. L'idée!

– Hier soir, il t'a demandé de faire la rédaction de Crastaing, non ? C'est la seule chose qui pourrait l'aider. Essaie de la faire. Essaie de toutes tes forces !

Kamo ouvre des yeux grands comme ça et demande :

– Pourquoi ?

C'est alors que j'explose :

– Fais ce que je te dis ! Il faut toujours vous mettre les points sur les i, à vous autres, les gosses !

Il n'en revient pas. Pope ne lui a jamais parlé sur ce ton.

Je m'éloigne à grands pas. J'entends de nouveau sa voix qui m'appelle :

– Hé, monsieur ! Y a un robinet qui fuit chez ma mère !

Sans me retourner, je lui réponds que je le sais, et que je n'ai pas le temps.

En rentrant, je constate – miracle ! – que Pope et Moune n'ont pas mis le feu à la maison. Avec ce qu'on dit des enfants, je m'attendais à tout.

J'ai pensé à leur acheter des vêtements en cours de route. La vendeuse a demandé la taille, j'ai dit

« grands comme ça » en montrant avec mes mains. La vendeuse a ri, et déclaré que j'avais du « charme ». Pas compris...

Moune a tout de suite essayé ses robes. Elle a décrété qu'elles étaient « moches » et qu'elle allait en dessiner d'autres. Elle a dessiné n'importe quoi. « Very chouette, j'ai dit, continue. » Pope a surgi avec un tournevis presque aussi grand que lui. Il m'a expliqué qu'il venait d'inventer un « plumard à coulisses ». Il m'a entraîné dans ma chambre et m'a montré mon lit.

– C'est pour quand je grandirai, tu comprends ? A chaque centimètre, un cran de plus.

– Magnifique ! j'ai dit. Continue !

Ménage, courses, cuisine, vaisselle, mine de rien, j'ai fait tout ce qu'il fallait.

Maintenant, je m'effondre dans un fauteuil, complètement épuisé.

Et pour la première fois, je les regarde vraiment.

Pope a démonté le fer à repasser. Moune entame son soixantième dessin.

Pope...

Moune...

Alors, c'est vous ? C'était vous ?

– Moune !

La petite fille lève la tête et me sourit. Pas de doute : c'est bien la même fossette, au coin du même sourire. Quand tu grandiras, tes cheveux bruniront, Moune, mais ne t'inquiète pas, ils conserveront ce joli reflet roux.

C'est Pope qui me surprend. Il est tout rond. Plis et rebondissements partout.

(« Moi, j'ai d'abord poussé comme une citrouille. C'est ensuite que j'ai choisi l'asperge. » Il m'a dit ça, un jour, c'est vrai.)

Mais aujourd'hui, assis en tailleur à mes pieds, levant soudain les yeux du cadavre à repasser, il me dit autre chose :

– Dis donc, toi ? Pourquoi est-ce que tu nous regardes comme ça ? On dirait que tu débarques...

Il me faut la solitude et la nuit noire pour revenir à la terrible réalité : Pope et Moune enfants ! Moi adulte ! Pope et

Moune à qui j'ai ordonné d'éteindre mais qui continuent à pouffer et à chuchoter dans leur lit. Et moi, adulte ! Des milliards de problèmes à résoudre, évidemment : que dire aux clients de Pope ? aux boutiques de Moune ? Que faire de Pope et de Moune enfants ? Faut-il leur expliquer la situation ? Et moi, si ça dure, comment vais-je gagner ma vie ? leur vie... Pourtant, une seule pensée me torture vraiment : je viens de perdre vingt ou trente années de ma vie ! Comme ça ! D'un seul coup ! Je n'arrive pas à penser à autre chose. Cela revient sans cesse : vingt ans perdus ! trente, peut-être ! Perdus, comme on perd un objet, un portefeuille... Quand ? Comment ? Où ? Perdus ! Vingt ou trente ans d'un seul coup ! Impossible de penser à autre chose. Le temps perdu... C'est bien une pensée d'adulte, ça, il n'y a pas de doute !

LE LENDEMAIN, LE TÉLÉPHONE SONNE DE BONNE HEURE.
– ALLÔ, C'EST TOI ? TU ES UN BEAU SALAUD !

Pas besoin de reconnaître la voix pour savoir que c'est Kamo. Et qu'il a essayé de faire la rédac.

– Tu n'aurais jamais pu comprendre, Kamo. Maintenant, tu sais.

Il me maudit encore un bon coup.

– Tu trouves que ma mère ne me posait pas assez de problèmes quand elle était adulte ? Tu crois que c'est moins compliqué maintenant ?

Je réponds juste ce qu'il faut :

– Viens t'installer ici avec elle, ce sera plus facile.

Ils débarquent une demi-heure plus tard alors que nous beurrons les tartines du petit déjeuner. Kamo, lui, c'est en largeur qu'il a grandi. C'est un homme d'une quarantaine d'années, tête et poitrine massives, crinière de lion, sourcils froncés, regard furieux, démarche de marin par gros temps. Pas rasé. Les dents serrées.

– S'il n'y avait pas les gosses, qu'est-ce que tu prendrais !

Heureusement, il y a les gosses. Dont une petite fille aux yeux violets remplis de fureur. Elle marche derrière lui, dans des chaussures trois fois trop grandes pour elle, et s'empêtre dans une robe qui pourrait lui servir de parachute.

– Ma mère ! bougonne Kamo en guise de présentations.

Comme les enfants ouvrent des yeux ronds, il se rend compte de sa gaffe.

– Je veux dire Tatiana !

– Qu'est-ce que c'est que ça, Tatiana, comme prénom ? demande Pope en trempant sa tartine dans son chocolat.

– Russe, répond la petite. Grand-mère russe... C'est vrai que tu es bricoleur ? demande-t-elle à Pope. Il y a un robinet qui fuit à la maison. Tu peux venir le réparer ?

C'est plus un ordre qu'une question.

– Tout à l'heure, répond Pope, la bouche pleine.

– Tout de suite, ou c'est la guerre! déclare tranquillement Tatiana.

– Alors c'est la guerre!

La tartine de Pope part en sifflant, mais Tatiana se baisse et le pain spongieux s'écrase sur la poitrine de Kamo. Tatiana bondit. Déséquilibré par le choc, Pope bascule de sa chaise, son crâne heurte le carrelage de la cuisine. Un hurlement strident, continu, incroyablement aigu, sort de la bouche de Moune qui a pourtant l'air calme, assise bien droite sur sa chaise. Kamo n'a pas bronché. La tartine se décolle de son veston et tombe à ses pieds. Je fais un pas pour séparer les enfants, glisse sur la tartine, plonge en avant, me rattrape à la nappe qui me suit, avec le petit déjeuner.

Tatiana va et vient de la cuisine au salon. Elle apporte des cubes de glace que Moune dispose dans une serviette dont elle tamponne à tout petits coups le crâne de Pope. Elle lui murmure qu'il est un héros, qu'il a la plus belle bosse du monde, et que Moune est le Premier Médecin de la Terre. Profitant de l'accalmie, je demande à Moune de prêter une de ses robes à Tatiana.

– Une que j'ai dessinée ?

Kamo n'a pas desserré les dents de la journée. Pas un sourire, rien. Il n'est pas venu faire les courses avec moi. Il n'a rien avalé. Il n'a même pas nettoyé son costume. Les enfants, eux, sont tranquillement installés dans leur petit monde, comme s'ils se connaissaient depuis toujours. Il y a encore eu deux ou trois bagarres, et autant de réconciliations. Ils sont ennemis à mort, puis amis jurés.

Je me sens seul...

Longtemps après que j'ai éteint la lumière de notre chambre, j'entends enfin la voix de Kamo.

– On est dans une jolie merde.

Cinq bonnes minutes plus tard, sur le même ton sinistre, il demande :

– Tu as une idée ?

Je réponds que non. Et je pense que le problème se compliquera quand l'argent de Pope, de Moune et de Tatiana sera épuisé.

– Moi, si.

C'est comme si mes oreilles se dressaient sur ma tête. J'attends la suite. Je l'attends une éternité. Finalement, Kamo dit :

– C'est Crastaing qui nous y a mis, c'est Crastaing qui nous en sortira.

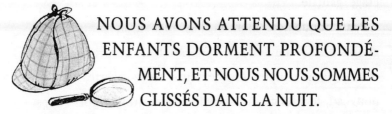 NOUS AVONS ATTENDU QUE LES
ENFANTS DORMENT PROFONDÉ-
MENT, ET NOUS NOUS SOMMES
GLISSÉS DANS LA NUIT.

– La rue de la Folie-Régnault, c'est du côté du Père-Lachaise, non ?

Kamo a obtenu l'adresse de Crastaing en téléphonant à Ménard, ce matin, avant de venir chez moi.

– Oui, on change à République.

Le plafond du métro est trop bas pour moi. Je suis obligé de courber la tête et c'est le premier sourire de Kamo.

– Toi qui avais peur de ne pas grandir...

Puis son sourire se modifie, devient un sourire des yeux, quelque chose qui remonte de très profond, pour l'éclairer de l'intérieur.

– Quand je pense qu'avant de mourir mon père m'a confié maman... Il doit bien rigoler, en ce moment.

Le 75 rue de la Folie-Régnault est un très vieil immeuble. Une façade, décrépie, une cour intérieure avec pavés luisants dans la nuit bleutée, vélos et poubelles. La minuterie ne fonctionne pas.

– Tant mieux, murmure Kamo. Fond de cour, sixième étage, gauche.

Pendant que nous montons l'escalier sur la pointe de nos grands pieds, une boîte de conserve tinte contre un pavé : miaulements rauques, crachements, brève bagarre. Puis, de nouveau, le silence. Au sixième, Kamo frappe trois coups secs et discrets à la porte de Crastaing. Rien.

– Monsieur Crastaing ! (Une sorte de murmure impératif.)

Puis, plus fort :

– Crastaing !

Dans un appartement voisin, quelqu'un grogne en se retournant ; les ressorts du lit protestent.

– Il n'est pas là, souffle Kamo.

Non, il n'est pas là, mais sa porte s'ouvre, simplement parce que je me suis appuyé contre elle. Nous voilà chez lui. Chez lui ! Ma main cherche à allumer, Kamo me retient.

D'un seul mouvement, il ôte sa veste et en recouvre une lampe de chevet, posée à même le sol. La lumière, ainsi tamisée et rasante, nous révèle un minuscule appartement presque vide. Deux pièces, et un seul exemplaire de chaque objet. Oui, une seule table, une chaise seulement. Sur l'unique étagère de la cuisine, une seule assiette, un seul verre...

Dans la chambre à coucher, le lit : une place. Rien d'autre. Les murs sont nus. Pas une photo, nulle part.

On pourrait croire l'appartement inhabité si l'on ne trouvait, impeccablement suspendu au portemanteau de la chambre, l'éternel costume de Crastaing, avec sa petite tache violette, et, au pied du portemanteau, son cartable.

– Viens voir.

Kamo a écarté le rideau qui masque la fenêtre. Celle-ci donne sur une cour d'école, ou de couvent, quelque chose comme ça. Vue de si haut, cernée par ces murs sombres, on dirait le fond d'une cuve. Au centre de ce puits se dresse la silhouette voilée d'une statue. Une Vierge, peut-être. Au fond, la façade immense d'un édifice plus haut que notre immeuble. Les fenêtres y font de grands trous noirs. Tout en bas de cette falaise, à droite de la porte qui donne sur la cour, on distingue vaguement une forme assise, une autre statue, sans doute. Kamo laisse retomber le rideau.

– C'est gai...

J'ai veillé seul. Kamo est retourné auprès des enfants. Je lui téléphonerai si Crastaing arrive. J'ai veillé seul. Je ne me suis jamais senti si seul de ma vie. J'ai longuement regardé au fond de la cour. Puis je me suis endormi. Et réveillé en sursaut, sans raison. Je me suis mis à marcher, d'une pièce à l'autre, sans fin, pour lutter contre le sommeil. J'ai fini par heurter l'unique

table. Sous le choc, elle a glissé d'un bon mètre. Et c'est alors seulement que j'ai vu la corbeille à papiers. Elle était pleine. Je l'ai regardée un moment avant de m'accroupir. Et puis, j'ai déplié la première feuille. C'est presque sans surprise que j'y ai lu le sujet de notre rédaction. Crastaing l'avait recopié de son écriture violette, un peu vieillotte.

Vous vous réveillez un matin et vous constatez que vous êtes transformé en adulte. Affolé, vous vous précipitez dans la chambre de vos parents : ils sont redevenus des enfants...

Racontez la suite.

Il n'avait rien écrit d'autre, sinon le mot : CORRIGÉ.

Racontez la suite... J'ai déplié une deuxième feuille, puis

une troisième, toujours le sujet, CORRIGÉ, et rien d'autre. Alors, je me suis mis à les défroisser toutes comme un fou. Et, finalement, sur une feuille où il n'avait pas recopié le sujet, j'ai lu ça :

Je leur ai posé le sujet. Ah ! si je pouvais obtenir un bon devoir, un seul ! Si je pouvais sentir, une fois seulement, ce que c'est qu'une famille, un père, une mère, des enfants, des tantes, des cousins... J'aimerais tant... une seule fois...

Et sur une autre feuille, d'une écriture toute tremblante :

Je n'y arrive pas, j'essaye mais je n'y arrive pas...

Mon Dieu... Crastaing aussi a essayé !

Quand je me redresse, le jour commence à se lever. Je marche comme un automate jusqu'à la chambre. Et, comme j'ai besoin de vraie lumière, j'ouvre grand le rideau. Ce n'est pas une statue de la Vierge, dans la cour, c'est celle d'un roi, manteau, couronne, sceptre et globe. Et puis, rasant les murs, il y a quatre marronniers que je n'avais pas remarqués tant ils sont faméliques. Le roi pourra faire ce qu'il veut, aucun arbre ne poussera jamais au fond de ce puits. Une cloche tinte, aigrelette. Oui, un couvent, peut-être...

Il vaut mieux que je m'en aille. Je sais que ce n'est plus la peine d'attendre. A la seconde où je décide de partir – je me retourne déjà – le coin de mon œil est attiré par un mouvement imperceptible : là-bas, tout au fond de la cour, au pied de la muraille, la porte s'est ouverte. Un vieillard à longue barbe, vêtu d'une blouse grise, apparaît. Il tient quelque chose dans ses mains. Un bol. Oui, un bol. Et il se penche sur la petite statue assise à droite de la porte. Il lui tend le bol. La petite forme ne bronche pas. Alors, le vieillard hausse les épaules et, sans insister, franchit de nouveau la porte qu'il repousse du pied, et qui claque. La petite forme n'a pas bougé. Moi, si. J'ai ouvert la fenêtre et je me suis penché autant que j'ai pu. Ce n'est pas une statue, c'est un enfant. Minuscule, dans une robe de chambre beaucoup trop vaste pour lui. Il a le visage levé. Et c'est ma fenêtre qu'il regarde !

– TU ES SÛR DE CE QUE TU DIS ?

– ABSOLUMENT CERTAIN. ET CE N'EST PAS UN COUVENT, C'EST UN ORPHELINAT.

Silence dans le téléphone. Puis Kamo dit enfin :

– J'arrive !

– Je t'attends.

– Inutile, il ne s'envolera pas. Et puis...

Une hésitation.

– Quoi ?

– Il vaut mieux que tu reviennes ici, toi. Pope et Moune doivent avoir de la fièvre, je les trouve un peu chauds.

Un peu chauds ? Ils sont bouillants quand j'arrive. Je conseille à Kamo de ramener Tatiana chez lui, puis je fonce dans la salle de bains où je remplis la baignoire d'eau chaude. (« Deux degrés au-dessous de la température du corps », disait toujours Moune.) Moune et Pope déshabillés sont aussi brûlants que s'ils sortaient d'un four. A part ça, ils sont dans une forme terrible. Au bout de cinq minutes de bain, c'est l'inondation générale. Puis, l'eau faisant son effet, la fièvre tombe, ils se calment. Je les emmitoufle tous les deux dans une des gigantesques serviettes de Pope, je les frictionne, je les recouche. Je fais les mêmes gestes que Moune quand elle me soignait. La même rapidité. La même précision. J'achète des oranges, les coupe, les presse. Ils boivent comme au milieu d'un désert. Enfin, ils s'endorment. Je me laisse tomber dans un fauteuil. Et je le revois.

Ce visage si maigre flottant dans cette robe de chambre immense. Comme il la regardait, sa fenêtre! Et moi, tout là-haut, le fixant, la moitié du corps hors de l'immeuble. Et lui, tassé sur lui-même, à côté de cette porte close. Tout à coup, ce fut comme si j'avais été tout près de lui, à le toucher. Et je l'ai bien retrouvé alors, oui, tel que je l'avais toujours vu. Cette tristesse sans âge d'enfant vieux. Son bras droit est retombé, comme lorsqu'il lâchait nos copies. J'ai vu la boule de chagrin monter dans sa gorge et exploser silencieusement, au fond de ce puits, devant cette statue de roi.

La petite voix flûtée de Moune me tire de ma rêverie.

– Oui, Moune?

Mais ce n'est pas à moi qu'elle parle. Elle est assise, bien droite, elle regarde fixement le mur, et elle parle seule.

– Moune!

Son front est si chaud que je retire ma main, comme si je m'étais brûlé. Pope a les yeux fermés, les lèvres et les paupières violettes.

– Pope!

J'ai lutté toute la journée contre la fièvre. Je l'ai repoussée dix fois, mais elle est revenue, toujours plus forte, comme un ennemi invisible, toujours mieux armée, toujours plus puissante, attaquant de tous les côtés à la fois. Quand elle quittait le champ de bataille, elle laissait Pope et Moune trempés de sueur, claquant des dents, transis. Puis elle chargeait de nouveau, et c'étaient des frissons, des secousses qui les tendaient comme des arcs, de longs délires aux yeux fous...

Compresses, bains, frictions, citronnades au miel, aspirine, tisanes, je me suis battu jusqu'au milieu de la nuit. Jusqu'au moment où j'ai compris que j'allais perdre, que cette fièvre fuyante, puis fougueuse comme une marée en fusion, allait emporter avec elle tout ce que j'avais au monde : mes parents, mes parents et mes enfants ! Tout ! Et je resterais seul... définitivement seul devant la mort.

– Pope, Moune, vous n'allez pas me faire ça ?

Alors, je me suis jeté sur l'annuaire téléphonique.

Grappe !

Grappe ! Docteur Grappe ! G... Gr... Grappe ! Rue des Wallons !

D'abord, il ne comprend pas très bien, puis il dit :

– Ah ! c'est toi ? Qu'est-ce qui ne va pas ?

Sans réfléchir, je dis :

– Mes parents.

Je n'ai pas le temps d'expliquer :

– Vite, docteur ! Vite ! Vite !

Il ne s'énerve pas. Il me fait décrire les symptômes. Il me demande depuis combien de temps.

– Ce matin.

Il dit « bon ». Qu'il arrivera « dans une petite heure », et de ne pas m'affoler surtout, de maintenir Pope et Moune au chaud, même s'ils suent à grosses gouttes.

– C'est tout ?

– C'est tout.

Sur quoi, il raccroche. Le téléphone sonne vide dans ma main. Vide, lourd, froid et raide comme un poisson mort.

Tellement mort qu'après l'avoir raccroché à mon tour je saute jusqu'au plafond en l'entendant sonner. Je le regarde comme un revenant et le laisse criailler cinq ou six fois avant d'avoir le courage de décrocher.

– ALLÔ, C'EST TOI ? QU'EST-CE QUE TU FOUTAIS, NOM D'UN CHIEN ?

Kamo... Je l'avais complètement oublié, celui-là !

– Tu avais raison, c'était bien Crastaing, au fond de la cour ! Crastaing enfant. Exactement le même mais qui aurait rétréci au lavage. Je l'ai pris par la peau du cou et je l'ai remonté chez lui en quatrième vitesse !

Je me fous de Crastaing. Je me fous complètement de Crastaing.

– Kamo... Comment va Tatiana ?

– Beaucoup mieux, merci, mais la santé des mômes, c'est le cadet de mes soucis en ce moment !

– Qu'est-ce que tu dis ?

– Je dis qu'il n'y a pas de mouron à se faire de ce côté-là, les gosses, c'est du solide ! Et si Tatiana ou tes parents avaient dû mourir enfants, nous ne serions pas là à jacter au téléphone, réfléchis une seconde !

Il a raison. Il a raison! Mais il a raison, bon Dieu! Pope, Tatiana et Moune ne peuvent pas mourir, puisqu'ils ont encore à nous mettre au monde!

– Bon, ça y est? On peut parler sérieusement, maintenant?

– Parle, Kamo, parle, mon vieux, parle autant que tu voudras, je t'écoute!

– Alors, malgré ses hurlements, j'ai bouclé Tatiana à double tour et j'ai foncé chez Crastaing. Tu avais raison, c'était bien lui, assis à côté de la porte, dans la cour de cet orphelinat Saint-Louis. Les caves de son immeuble donnent sur cette cour. Je suis passé par un soupirail et je l'ai enlevé. Pas pour réclamer une rançon, tu penses bien... Je ne vois pas qui paierait un centime pour récupérer un Crastaing!

Non, l'idée de Kamo était bien meilleure. L'idée de Kamo était une idée à la Kamo. Une idée de génie. Une «idée du siècle», comme il disait lui-même chaque fois qu'il en trouvait une nouvelle, ce qui lui arrivait dix fois par jour depuis que nous nous connaissions.

Kamo beuglait dans le téléphone à présent:

– Puisqu'il a commencé à la faire, cette rédac, le Crastaing, il va la finir, c'est moi qui te le dis! Et quand il l'aura finie je te fous mon billet que tout redeviendra comme avant : les profs dans leur rôle de profs, les élèves dans leur rôle d'élèves, les parents en parents et les mouflets en mouflets, Crastaing toujours aussi cinglé et Lanthier toujours aussi con! Assez rigolé comme ça ! Il va nous faire un beau devoir, le Crastaing, et demain on se réveillera dans notre lit d'enfance, je te le jure sur la tête des parents... je veux dire sur la tête des enfants... non, sur notre propre tête... sur ta tête à toi, quoi!

– Mais il n'arrive pas à la faire! Tu as lu ses brouillons?

– Il y arrivera ! A grands coups de pompes dans le train s'il le faut! D'ailleurs, je vais l'aider. Je m'y connais en histoires de famille! Depuis la mort de papa je n'entends que ça, des histoires de famille! Comme si Tatiana avait peur que je sois privé de famille... J'en entends tous les jours, des histoires de famille! Des histoires de la famille russe de Tatiana, bouffée par l'Histoire et ses révolutions, des histoires de sa famille à lui, mon père, des histoires de la famille que nous formions avant qu'il meure, des histoires de la famille que nous aurions formée s'il avait vécu, des histoires de notre famille à deux sans lui. C'est pour ne pas remuer tout ce chagrin que je ne voulais pas faire sa foutue rédac, à Crastaing! Eh bien, puisqu'il y tient tant, on va le remuer ensemble, le grand chagrin familial! Je vais le gaver de frères, de sœurs, de cousins, d'arrière-petites-nièces, de grands-pères et de bisaïeuls, je vais le goinfrer d'aînés, de cadettes, de puînés et de mort-nés, je vais lui faire avaler des kilomètres de généalogie, le gorger de beaux mariages, de mésalliances, d'héritages, de descendances et de dynasties, il faudra qu'il assiste à toutes les noces, à tous les baptêmes, à tous les enterrements, sans oublier les anniversaires, les fêtes, le jubilé de tante Ursule et d'oncle Alexandre, qu'il se tape les soirées télé, les dimanches à la campagne et les vacances entre nous, qu'il écoute toutes ces histoires de famille, là, cloué sur sa chaise, entre le fromage et le dessert: comment Armand, le mari de Gisèle, a fait une belle carrière dans la nouille, et combien a coûté le beau mariage de Frédéric, mais quelle déception, le divorce de Jean-François... une indigestion permanente de famille, voilà ce que je vais lui flanquer à Crastaing! J'y ajouterai en prime notre histoire à nous! Toi et moi dans le rôle des pères célibataires, Pope et Tatiana dans celui des tartineurs enragés et Moune, ta mère, en infirmière de la Grande Guerre! Et s'il en veut encore, je lui inventerai une suite, jusqu'à l'an de grâce 3625!

– Vous avez commencé à travailler?

– Pas encore. Il ne peut pas mettre un pied devant l'autre pour l'instant. Apparemment, il n'avait pas mangé depuis deux ou trois jours quand je l'ai repêché. Il était affamé et gelé, emmitouflé dans une espèce de robe de chambre toute mitée, beaucoup trop grande pour lui. Alors je l'ai mis au lit sous une douzaine d'édredons et je le  retape au steak tartare et au jus de tomate. Il n'aime pas trop la viande crue, mais je ne suis pas d'humeur à discuter. Un gosse dans son état, ça a besoin de sang frais, de jus de légume, de lait chaud et de sommeil. Il dort, en ce moment. On va s'y mettre dès qu'il se réveillera. D'ailleurs, il se réveille, il faut que je te quitte. Allez, à la revoyure. Te fais pas de bile, on tient le bon bout!

Clac.

Silence.

Silence tonitruant, comme toujours après un discours de

Kamo. Tous ces mots qui continuent à exploser dans votre tête, comme un feu d'artifice qui n'en finit plus de finir...

Seulement, même rempli d'échos, le silence, qu'on le veuille ou non, ça finit toujours par devenir du silence.

Et celui qui régnait maintenant autour de moi était si profond qu'il me fallut plusieurs secondes pour trouver le courage de tourner la tête vers Pope et Moune.

La peau bistre et les paupières violettes, allongés l'un à côté de l'autre sans que leurs mains se touchent, ils semblaient posés sur leur lit comme sur un radeau à la dérive. Leurs poitrines ne bougeaient pas, leurs lèvres étaient mi-closes sur l'éclat de leurs dents, et je compris soudain que rien ne pourrait plus jamais les réveiller. Ils n'avaient pas conscience du courant qui les entraînait, du fleuve immense qui emportait leur lit et qui s'amenuisait en accélérant... ils glissaient à toute allure vers ce puits qui allait les engloutir, ils y tournoyaient peut-être déjà – eux, leur grand lit et tout notre bonheur –, un lent tournoiement dans un puits si profond que le soleil lui-même s'y éteint. Oh! Kamo, tu te trompes, les parents sont mortels! Grands ou petits, ça ne change rien à l'affaire. Dès qu'ils nous ont faits ils peuvent se défaire...

– Pope, Moune, arrêtez! on ne meurt plus de maladie infantile de nos jours! et puis vous n'êtes pas des enfants, bon Dieu! vous n'êtes plus des enfants! c'est moi, l'enfant! c'est à moi d'être malade! Ne me volez pas mon rôle! Allez, on arrête de jouer. Je plonge et vous remontez, d'accord? Pope! Moune! Soyez sympa, laissez-moi votre place, chacun son tour!

Je me battais depuis trop longtemps... je n'avais ni mangé ni dormi depuis trois jours... j'avais perdu tout espoir de ramener Pope et Moune à la surface... le docteur Grappe n'arriverait pas à temps... alors j'ai lâché prise... je me suis endormi...

ou plutôt non, je me suis laissé tomber dans le sommeil... j'ai sauté à mon tour dans le puits... j'ai noyé la lumière du jour...

C'EST EN TOURBILLONNANT QUE JE ME SUIS RÉVEILLÉ. JE ME SUIS RÉVEILLÉ COMME ON change d'avis, comme on remonte du fond d'un puits, attiré par le disque lumineux de la surface. Je me disais : « Tu es au fond du puits et là-haut il y a le ciel. Monte ! Monte ! Monte encore ! Encore ! » Mais le disque de lumière semblait inaccessible. J'étouffais en remontant, j'étouffais... De moins en moins d'air... des grappes de bulles éblouissantes filaient à toute allure le long des parois luisantes...

Elles vont plus vite que toi... tu seras noyé avant d'atteindre la lumière, noyé-mort et tu retourneras au fond, où tout est si noir... si noir et si froid... Je battais des bras et

des pieds, je donnais des coups de reins, je nageais comme un homme et comme un dauphin... rattraper les bulles... les dépasser... atteindre la surface avant elles... oui... encore un effort... et j'ai enfin crevé le papier de lumière... j'ai jailli à l'air libre, ruisselant et les poumons en feu. Le soleil m'a saisi en plein vol, ses rayons m'ont cloué contre terre, et je suis resté là, ébloui et palpitant comme un papillon sauvé par l'épuisette.

Un papillon sauvé par l'épuisette...

C'est exactement ça...

Je pesais mon poids énorme de papillon détrempé. Beaucoup trop lourd pour bouger la moindre antenne et beaucoup trop ébloui pour comprendre les paroles qui éclataient dans la lumière autour de moi...

– Non, je ne crois pas, non...

– Il l'a déjà eue...

– La rougeole aussi, oui.

– Et les oreillons, l'année dernière.

– Tu es sûre ? Ce n'était pas l'année d'avant ?

– J'ai d'abord cru à une angine...

– Sur le coup, on ne s'est pas trop inquiétés...

– Mais la fièvre est montée si haut...

– Malgré les bains...

– Deux degrés au-dessous de sa température, oui...

– Ce sont les spasmes qui nous ont effrayés.

– On aurait dit qu'il se noyait...

– Nous avons craint les convulsions.

– Surtout quand il a commencé à délirer.

– La circulaire?

– Quelle circulaire?

– A propos de la méningite...

– Une épidémie?

– Tu as trouvé une circulaire dans le courrier, toi?

– Suspicion de méningite, suspicion seulement...

– Les trois quarts de sa classe?

– Il y a plusieurs variétés de méningite?

Ce n'était pas le soleil, ce disque de lumière, c'était l'ampoule de la petite lampe avec laquelle le docteur Grappe fouillait mon œil comme on cherche un secret au fond d'un puits.

De chaque côté du docteur, Pope, mon père, et Moune, ma mère, adultes comme jamais, semblaient eux aussi très curieux de savoir ce que le docteur allait sortir du puits. Anxieux, même... Le docteur parlait sans s'émouvoir :

– En fait, c'est autre chose... les autres classes n'ont pas été touchées... On pourrait appeler ça une crastaingite, si vous voulez... une crastaingite aiguë, même...

Pope semblait plus grand que jamais. Quand mon œil a quitté le disque de lumière pour se poser sur lui, il a juste dit :

– Salut, toi ! Tu reviens de loin, on dirait...

Moune a demandé :

– Ça va, mon chéri ?

Le cliquetis des appareils que range le docteur : la lampe, le stéthoscope, le tensiomètre... clic, clac, les serrures de sa trousse.

Le souffle chaud des couvertures qu'on rabat.

– Rien de sérieux.

Le rire grognon du docteur Grappe :

– C'est solide ces petites bêtes, on ne s'en débarrasse pas comme ça...

Il ajoute :

– Je vais vous faire une ordonnance. Pour l'instant, il a surtout besoin de sommeil. Il sera sur pied lundi.

Les petits pas qui sortent.

La lumière qu'on éteint.

Pope, Moune, adultes, solides, et moi enfant.

Sauvé.

Tous sauvés.

C'est ce que je me suis dit en m'endormant.

Un sommeil sans rêve, cette fois.

 ET DE NOUVEAU LE RÉVEIL. MAIS SOUS LA MAIN FRAÎCHE DE MOUNE, CETTE FOIS, ET SOUS LE REGARD CHAUD DE POPE.

Un regard tellement heureux, tellement confiant, que mes joues ont pris feu tout à coup !

La rédac !

Avec tout ça, je n'ai pas tenu ma promesse ! Je n'ai pas fait la rédac !

A quoi Pope a répondu, avant même que j'aie dit un mot :

– Ne t'affole pas pour ta rédaction, la question est réglée. On ne peut pas écrire et mourir en même temps... Toi, tu as choisi de mourir...

– Pope, ce n'est pas drôle !

Moune, ma mère, gronde. Moune n'apprécie pas toujours les plaisanteries un peu carrées de Pope. Mais je suis heureux. Pope pourrait plaisanter plus carrément encore, ce ne serait que du bonheur en plus.

– Je suis malade depuis combien de temps ?

– Le temps de ne pas faire ta rédac. C'est ça, la crastaingite ! C'est une maladie bien réglée.

– Pope, arrête !

Le sourire de Moune. Le tintement si vivant de la petite cuiller qu'elle tourne dans un bol.

– Et Kamo ?

– Crastaingite aussi. Crastaingite pareille. Crastaingite pour tout le monde. Même pour Crastaing, à ce qu'il paraît.

Crastaingite pour Crastaing aussi.

– Tiens, bois, c'est chaud.

La main de Moune qui soulève ma nuque, mes cheveux dans ses doigts, frisés par la sueur, la chaleur du lait au miel...

– C'est bon ?

Si c'est bon ? Si c'est bon ! C'est le bonheur en personne qui se glisse dans mon corps et qui s'étire jusqu'au bout de mes orteils.

– Je me demande pourquoi les meilleures choses vont toujours aux feignants...

Sourire de Moune :

– Tu veux qu'on t'oblige à t'envoyer un bon litre de lait, Pope ?

Moue dégoûtée de Pope qui a toujours détesté le lait. (« Ah ! si seulement les vaches produisaient du café ! Tous ces percolateurs en liberté dans les champs ! »)

Et de nouveau ma tête sur le traversin. Ma tête qui pèse quinze tonnes.

– Un peu de glace sur ton front, dans un gant de toilette, tu veux ?

Moune a déjà quitté ma chambre. La porte du frigo s'ouvre dans la cuisine. Tapotement d'un bac à glace contre le bord de l'évier...

– Pope ?

– Oui, mon grand...

– Je peux te poser une question ?

– Tu me connais, je ferai comme si j'avais la réponse.

– Pope ?

– Je suis toujours là.

– Pope... qu'est-ce qu'il te raconte, Crastaing, quand tu vas le voir ?

– Ah...

Silence.

– Et pourquoi ça te rend tellement malade, toi aussi?

Long silence pendant lequel Moune revient avec son gant et sa glace.

– Donne.

La main de Pope posant doucement le gant de toilette sur mon front... Moune qui sort pour renouveler la provision d'oranges... la porte de l'appartement qui claque... mon front qui flotte dans l'Antarctique... le visage de Pope, tout près du mien.

– Ça te fait du bien?

– S'il te plaît, Pope, réponds-moi.

Il respire profondément. Il gonfle sa poitrine. Il va se jeter à l'eau. Ça y est, il plonge:

– Eh bien, ton Crastaing me raconte son enfance. Son enfance d'orphelin pendant la guerre, la dernière, l'affreuse, celle où la terre entière étripait la terre entière... Tu imagines un orphelinat à cette époque et dans ces circonstances? Il passait des nuits dans la cour quand il était puni, même en hiver, c'était le règlement: une nuit à demander pardon à la statue de saint Louis!

Il y avait un vieux surveillant à

barbe grise, la bouche pleine de trous, qui lui expliquait avec des postillons glacés que seuls sont orphelins les enfants qui le méritent, que la famille n'est pas un droit mais une récompense, des trucs de ce genre, tu te rends compte!

Mon crâne est un iceberg, maintenant. Et le *Titanic* vient de lui rentrer dedans. Crastaing au fond de la cour!

– Le matin, dans cette cour qui ressemblait plutôt à un puits, le vieux lui apportait le bol de soupe dont on l'avait privé la veille. Une soupe mal réchauffée, tiède en surface et froide au cœur, encore plus froide que la nuit! Crastaing la refusait toujours et le vieux pion n'insistait jamais, sachant qu'il la lui reservirait à midi, et le soir, et encore, jusqu'à ce qu'il l'avale, cette potion de nuit glacée!

Pope, maintenant, parle les yeux fixes, tout comme le Pope enfant qui délirait dans ma fièvre... A chaque entrevue avec Crastaing, il ne pouvait s'empêcher de voir ce que l'autre lui racontait:

– Je te jure... l'histoire de sa robe de chambre, par exemple... On ne leur achetait jamais de vêtements neufs, bien sûr, les petits héritaient les frusques des grands quand les grands partaient à leur tour pour la guerre – la guerre qui avait déjà dévoré leurs parents! Et bientôt il n'y eut plus que des petits à l'orphelinat, parce que tous les grands étaient partis fabriquer d'autres orphelins, là-bas, dans les plaines de l'Est...

– Pope, tu parlais d'une robe de chambre...

– Oui, la robe de chambre, oui... Il avait hérité une robe de chambre d'un de ces grands disparus, une vieille robe de chambre beaucoup trop grande pour lui, dans laquelle il s'emmitouflait pour passer ses nuits de pénitence... Il dit que ça a été sa seule famille, cette robe de chambre, et qu'il la possède encore! Et les fenêtres de chez lui, tu sais sur quoi elles donnent? Sur la cour de l'orphelinat Saint-Louis, celle-là même où il passait ses horribles nuits! Il dit qu'il n'a jamais pu quitter tout à fait l'orphelinat, c'est ça le plus triste!

Pope parle, parle... et le *Titanic* s'enfonce dans mon crâne.

« Votre fils ne connaît pas son bonheur », disait Crastaing à Pope chaque fois qu'il le convoquait, et chaque fois ses récits étaient plus tristes, plus désespérés et plus convaincants, comme une souffrance qui aurait traversé des dizaines d'années et qu'on vous servirait toute palpitante encore, avec ses horribles détails, ces petits trucs qui n'ont l'air de rien mais qui font plus mal que tout... et Pope était obligé d'écouter jusqu'au bout, et toute cette banale horreur lui flanquait des cauchemars où il m'imaginait orphelin à la place de Crastaing, où il me voyait, moi, assis dans la cour de l'orphelinat, au pied de cette statue, au fond de cette espèce de puits, parmi les marron-niers morts, il me voyait

moi, livré au vieux surveillant à blouse grise, si vieux qu'il paraissait immortel :

– Et tu sais quoi ? Il t'oblige à manger des endives à la sauce blanche ! Le plat que tu détestes le plus ! A l'aube ! Gelée, la sauce, au fond de l'assiette ! Je ne sais pas pourquoi mais cette flaque de sauce figée, c'est pire que tout ! Et toi, assis au fond de cette cour, devant cette statue de roi mort, tu repousses l'assiette, et lui, le vieux, il n'insiste pas, il sait bien qu'il te la resservira autant de fois qu'il le faudra et que tu finiras par les avaler, tes endives...

La porte de l'appartement qui claque de nouveau, et la voix de Moune, dans la cuisine :

– Une bonne orangeade pour tout le monde, d'accord ?

Pope a baissé la voix ; il s'est approché :

– Et moi, Pope, ton père, je vois tout ça du haut de cette fenêtre – je suppose que c'est la fenêtre de son appartement d'aujourd'hui –, je te vois, tout au fond, et je ne peux rien faire pour toi, moi, ton propre père ! Je me penche autant que je peux et je crie à pleins poumons : « Ce n'est pas vrai ! ce n'est qu'un rêve ! tu n'es pas orphelin ! n'aie pas peur je suis là ! je suis ton père ! c'est moi, Pope ! » Mais cette cour est si profonde... On dirait que mes paroles montent au lieu de descendre... qu'un tourbillon les emporte vers la nuit... et tu ne m'entends pas, bien sûr... tu ne m'entends pas... et tu regardes cette fenêtre comme si tu ne me voyais pas...

Sa main est toute chaude maintenant sur ma tête. Les glaçons fondus me font une cascade de larmes :

– Zut, tu es trempé... attends, je vais t'essuyer...

– Non, Pope, raconte... raconte...

– C'est fini, je me réveille toujours à ce moment-là.

Je me réveille en sursaut à côté de Moune qui murmure « Calme-toi, calme-toi », mais c'est fichu, je ne peux plus me rendormir, je reste éveillé jusqu'au matin avec cette image qui flottera dans ma tête pendant plusieurs jours : toi au fond de ce puits, dans cette robe de chambre trop grande pour toi... toi et cette assiette d'endives... grises et froides comme des poissons morts... Alors, je ne dors plus... j'attends ton réveil... et le matin, quand je te vois débarquer dans la cuisine... marcher au radar vers ton bol de chocolat... je pousse un sacré soupir de soulagement !

LE DOCTEUR GRAPPE AVAIT EU RAISON : LE LUNDI MATIN J'ÉTAIS SUR PIED, TOUT FRAIS TOUT ROSE, EN PLEINE FORME POUR AFFRONTER CRASTAING.

– Résurrection générale... annonça Kamo en voyant entrer un par un tous les copains dans la classe... et il ajouta :

– Le jour du jugement dernier !

– C'est pas marrant, Kamo, dit le grand Lanthier en frissonnant.

– Non, admit Kamo, surtout pour ceux qui vont aller cuire en enfer ! Tu l'as faite, toi, ta rédac, Lanthier ?

Lanthier devint tout pâle et ne répondit pas.

Debout derrière nos chaises, nous attendions... debout et silencieux comme au bon vieux temps d'avant mon cauchemar.

Une minute... pas de Crastaing.

Deux minutes... son bureau vide au-dessus de nous.

Trois minutes... tous nos regards braqués sur la porte close.

Quatre minutes...

La porte qui s'ouvre enfin.

Crastaing.

Le même, exactement. Le même crâne chauve, la même tête triangulaire et lisse, la même pâleur, le même costume, la même petite tache violette dans la poche où il glisse son stylo. Et déjà derrière son bureau... la même vivacité de fantôme.

– Asseyez-vous.

Tout le monde assis.

– Sortez vos rédactions.

Personne ne bronche. Lanthier fait bien mine de chercher le devoir qu'il n'a pas fait, mais il y renonce très vite et se fige dans l'immobilité générale.

– Dois-je comprendre que personne n'a fait son travail?

Attention... aaaatention... il y a des silences qui sont de dangereux explosifs!

Mais non. Crastaing se contente de demander une seconde fois :

– Personne ?

Puis il se passe quelque chose de tout à fait inattendu : un très léger sourire vient se poser sur ses lèvres... Oh ! trois fois rien... une ombre de sourire... mais c'est la toute première fois que nous assistons à ce phénomène... c'est tellement sidérant... ce sourire minuscule explose sur ce visage comme s'il portait toute la gaieté du monde !

– En effet... en effet... c'était peut-être un tout petit peu difficile pour vous...

Et c'est toujours en souriant qu'il ouvre son cartable.

– Je vais vous lire le corrigé.

Cela aussi, c'est nouveau. Depuis que nous le subissons, il ne nous a jamais rien lu à voix haute. Pas la moindre histoire... rien, jamais. Pendant qu'il cherche ses papiers, il dit encore :

– A propos, je vous prie de m'excuser pour mon retard... j'ai visité un nouvel appartement... je déménage... un peu plus d'espace... davantage de lumière... c'est important, la lumière, c'est la vie... mes fenêtres donnaient sur une sorte de puits... Ah! voilà... Vous y êtes?

Tu parles! Toute la classe ne faisait qu'une seule et même oreille!

Alors, il s'est mis à lire.

Oui, ce matin-là, Crastaing, notre prof de français, nous lut à voix haute une histoire extraordinaire, une histoire de famille, pleine d'adultes-enfants et d'enfants-adultes, de tartines volantes, de bosses, d'inondations, de maladies effrayantes, de convalescences délicieuses, et dont les personnages s'appelaient Pope, Moune, Tatiana... une histoire de famille avec des hauts et des bas, des naissances et des morts, dont les racines plongeaient profond dans l'Histoire avec un grand H, celle qui fait les guerres et les révolutions, celle qui éparpille les familles, creuse les fossés de l'oubli mais qui finit malgré tout par accoucher de la paix et devient alors l'histoire des retrouvailles et des rencontres, l'histoire des bonheurs que l'on croit éternels... l'histoire du mariage de Pope et de Moune... de nos vacances dans

le Vercors, l'histoire qui fuit les livres d'Histoire pour se
reposer un peu dans les albums de famille... la seule histoire
dont lui, Crastaing, eût jamais rêvé...

Sa voix était toujours un peu métallique, mais elle s'était
assouplie, elle épousait toutes les péripéties de son récit, ce
n'était plus seulement une voix pour faire peur, mais pour
faire rire aussi, et pleurer, et rêver, et penser... une voix
vivante, riche de toute la vie qu'il avait jetée sur ces pages...
Il lisait, il lisait comme
on raconte. A la fin de
l'heure il lisait encore.
Personne n'entendit sonner
la récré.

Le soir, comme nous attendions
notre métro, Kamo a juste dit :

– Dis donc, toi, si Pope, ton père,
ne vient pas réparer ce
robinet aujourd'hui même,
ça va être la guerre, avec Tatiana.

TABLE DES MATIÈRES

POUR FAIRE
CONNAISSANCE
AVEC
DANIEL PENNAC,
QUI A
ÉCRIT
CE LIVRE

OÙ ÊTES-VOUS NÉ ?
D. P. Dans les bras de ma maman.

OÙ VIVEZ-VOUS MAINTENANT ?
D. P. Ici.

ÉCRIVEZ-VOUS CHAQUE JOUR ?
D. P. Oui, chaque jour de liberté.

QUAND AVEZ-VOUS COMMENCÉ À ÉCRIRE ?
D. P. A l'école, pour la transformer en récré.

ÊTES-VOUS UN « AUTEUR À PLEIN TEMPS » ?
D. P. Écrire n'est pas une profession, c'est une manière d'être. Mais je suis aussi professeur, ce qui est également une manière d'être.

*EST-CE QUE KAMO DÉCOULE, MÊME DE LOIN,
D'UNE EXPÉRIENCE PERSONNELLE ?*
D. P. *Kamo*, c'est l'école métamorphosée en rêve d'école, ou en école de rêves, au choix.
QU'EST-CE QUI VOUS A INSPIRÉ ?

QU'EST-CE QUI VOUS A INSPIRÉ ?
D. P. L'école ne m'inspirant pas, j'ai réagi.

VOUS A-T-IL FALLU BEAUCOUP DE TEMPS POUR ÉCRIRE CE KAMO *?*
D. P. Oui. Je parle trop vite, mais j'écris lentement.

AVEZ-VOUS ÉCRIT D'AUTRES ROMANS ?
D. P. Quelques-uns et quelques autres.

QUEL CONSEIL DONNERIEZ-VOUS À UN ÉCRIVAIN DÉBUTANT ?
D. P. Écrire sans jouer à l'écrivain : les livres sont toujours
plus intéressants que leurs auteurs.

---

*Kamo et les autres personnages principaux apparaissent
pour la première fois dans* Kamo, l'agence Babel, *également publié
dans la collection Folio Junior.*

*Daniel Pennac a aussi écrit des romans pour adultes,
comme* La Petite Marchande de prose, *et il enseigne le français
dans un collège parisien.*
*Connaissez-vous un autre de ses livres, qui lui tient à cœur depuis
des années, et dont la lecture devrait être obligatoire pour tous
les parents et enseignants, surtout ceux qui pensent que
« les jeunes d'aujourd'hui n'aiment pas lire » ? Le livre s'intitule*
Comme un roman *et se dévore comme un roman.*
*On y découvre que « le plaisir de lire ne craint rien de l'image, même
télévisuelle, et même sous forme d'avalanches quotidiennes », et que
« si pourtant le plaisir de lire s'est perdu
(si comme on dit, mon fils, ma fille, la jeunesse n'aime pas lire),
il n'est pas perdu bien loin. A peine égaré. Facile à retrouver. »*

Vous qui venez de lire Kamo et moi, *vous le savez bien !*

Je me rappelle les marronniers de la cour, je me rappelle les billes en terre, les billes de verre et le sable à côté. Les pupitres couverts de taches et gravés juste en dessous des vieux encriers en porcelaine, les cartes et les poids et mesures. Je me souviens des premiers hommes, de Christophe Colomb, des dernières cartouches de la Commune de Paris, et aussi de mon cartable noir, usé en trois ans, de la bibliothèque hebdomadaire, des bandes dessinées lues à l'ombre du préau, derrière les cabinets. Je me rappelle aussi la chaise et le bureau au fond de la classe (le radiateur à deux mètres... mais la fenêtre à côté !). Les saisons passaient et je me souviens des herbiers, des rédacs où il fallait tous qu'on raconte nos vacances d'été... Sans oublier les

JEAN-PHILIPPE CHABOT NOUS RACONTE COMMENT IL A ILLUSTRÉ KAMO ET MOI

chaleurs de juin (rêves de champs, de mer et du premier prix de lecture !), les classes de neige (« ça y est, on est arrivés, c'est super, je t'embrasse »), l'entrée en sixième, les C.O.D. et le « present perfect »... Je me rappelle aussi les mardis sportifs à mourir, les expériences de physique, les habituels élevages de phasmes, la très célèbre bataille de Stalingrad, les cours de dessins salvateurs (adieu équations, vecteurs !) ; mais je me souviens aussi bien sûr des boums et des filles, du crâne sur l'armoire en biolo, des couloirs vides où l'on écoutait les Stones... Je me rappelle encore les voyages scolaires en Angleterre (« Couvre-toi bien ! »), les conférences de Connaissance du monde... Sans oublier les « Crastaing » qui vous poussent à rêver et à délaisser Pythagore et « rosa, rosae ». Et toujours des marronniers... Allez ! On ramasse les copies !

Vous avez aimé cette aventure de Kamo…
Retrouvez le héros
de **Daniel Pennac**

dans la collection FOLIO **JUNIOR**

KAMO, L'AGENCE BABEL

n° 800

Pourquoi Kamo doit-il absolument apprendre l'anglais en trois mois ? Qui est donc Cathy, sa mystérieuse correspondante de l'Agence Babel ? Se moque-t-elle de lui ? Est-elle folle ? Et les autres correspondants de l'Agence, qui sont-ils ? Fous, eux aussi ? Tous fous ? Une étrange vieille semble régner sur tout ce monde…

Menez l'enquête avec le meilleur ami de notre héros : il faut sauver Kamo !

66 – Ta mère a la solution !

Elle ouvrit son sac et lui tendit une feuille de papier où s'étirait une liste de noms propres à consonance britannique.

– Qu'est-ce que c'est que ça ?

– Les noms des quinze correspondants. Tu choisis celui ou celle que tu veux, tu lui écris en français, il ou elle te répond en anglais, et dans trois mois tu es bilingue ! **99**

L'ÉVASION DE KAMO

n° 801

Pourquoi la mère de Kamo l'a-t-elle soudain aban-donné ? Pourquoi Kamo, qui ne craint rien ni per-sonne, a-t-il tout à coup peur d'une simple bicyclette ? Et d'ailleurs, qui est vraiment Kamo ? D'où vient ce nom étrange ? Qui l'a porté avant lui ? Toutes ces questions semblent n'avoir aucun rapport entre elles. Pourtant, si l'on ne peut y répondre, Kamo mourra.

" – Qu'est-ce que tu dis ?

Je n'avais rien dit. Je levai les yeux sur la porte vers laquelle Lanthier s'était retourné. Personne. Il n'y avait que nous deux, dans cette chambre. Nous deux, et Kamo. Mais Kamo n'avait pas bougé. C'était le même visage bleui, enserré dans le carcan de glace, les mêmes mains, de chaque côté du corps amaigri, aussi fines, aujourd'hui, que des pattes de moineau. Alors nous regardâmes la sonnette une nouvelles fois.

– Bon Dieu que j'ai froid !

Ce n'était pas la sonnette qui venait de dire ça !

Lanthier fut le premier à le comprendre. Il se laissa tomber de tout son poids, sur ses deux genoux, au pied du lit de Kamo, et, la bouche toute proche de son oreille, demanda :

– Tu as froid ?

Pendant quelques secondes Kamo ne broncha pas. Enfin, nous vîmes ses lèvres bleues prononcer distinc-tement :

– Djavaïr, j'ai trop froid, trouve-moi une pelisse…

Kamo avait parlé ! Kamo avait parlé et ce fut

comme si nous ressuscitions nous-mêmes ! (...)
Toujours penché sur la bouche de Kamo, le grand
Lanthier leva la main, agacé par le bruit de mon
remue-ménage. Je me figeai sur place et entendis nettement Kamo dire :

– Une pelisse, Djavaïr, ou je ne sortirai jamais de
ce trou ! **99**

KAMO, L'IDÉE DU SIÈCLE

n° 803

*Tu es content de toi, Kamo ? Ta fameuse idée, tu
trouves vraiment que c'était l'idée du siècle ? Alors,
pourquoi a-t-elle rendu M. Margerelle, notre Instit'
Bien-Aimé, fou comme une bille de mercure ? Tu ne
crois pas que c'était plutôt la gaffe du siècle ? Le
crime du siècle ? Et maintenant, qu'est-ce que tu
comptes faire pour le guérir ?*

66 – Te faire virer par M. Margerelle !
Sa mère, Tatiana, était folle de rage (...).
– Et toi ! toi, hein !

C'était mon tour, à présent. Kamo me suppliait
toujours de l'accompagner quand il prévoyait un
cyclone maternel.

– Tu ne peux pas lui mettre du plomb dans la tête,
toi ? Non, il faut que tu l'admires, hein ? L'idée la plus
dingue, et bravo-bravo en claquant des mains, c'est
ça ? **99**

Si vous aimez les **énigmes**
vous vous passionnerez
pour les titres suivants
dans la collection FOLIO **JUNIOR**

ISBN 2-07-051253-0
Loi n° 49-956 du 16 juillet 1949
sur les publications destinées à la jeunesse
Dépôt légal : mars 2004
1er dépôt légal dans la même collection : mai 1992
N° d'édition : 1904 - N° d'impression : 96509
Imprimé en France sur les presses de l'Imprimerie Hérissey - Évreux